El día que el mundo amaneció al revés

EVA MORENO VILLALBA

El día que el mundo amaneció al revés

PREMIO BOOLINO DE NARRATIVA INFANTIL 2016

Con ilustraciones de Cristina Picazo

B DE BLOK

Barcelona • Madrid • Bogotá • Buenos Aires • Caracas • México D.F.
Miami • Montevideo • Santiago de Chile

Esta novela resultó ganadora del Premio Boolino de Narrativa Infantil
por decisión unánime del jurado conformado por Gemma Lienas,
Ernest Alós, Isabel Martí, Laura Santervás, Susana Otín y Verónica Fajardo.

1.ª edición: noviembre 2016

© Eva Moreno Villalba, 2016
© 2016 Cristina Picazo, para las ilustraciones
   Ilustradora representada por IMC Agencia Literaria
© Ediciones B, S. A., 2016
   para el sello B de Blok
   Consell de Cent, 425-427 - 08009 Barcelona (España)
   www.edicionesb.com

Printed in Spain
ISBN: 978-84-16712-23-6
DL B 20104-2016

Impreso por QP PRINT

1

Un dulce humo rosa

Normalmente, de lunes a viernes, mi padre entra en nuestro dormitorio cuando todavía no ha salido el sol, me da un beso con olor a jabón de afeitar y otro a mi hermana Minerva —aunque sabe perfectamente que no soportamos el olor a jabón de afeitar—, dice: «¡A levantarse, gandules!», y se mete en la cocina a oír las noticias mientras se toma un café y nos prepara el desayuno. Unos segundos después se oye el sonido de la radio, el del microondas y el del secador de mamá, que todas las mañanas se hace una especie de casco de gladiador con el pelo por mucho que le digamos que ese peinado ya no está de moda. Mi padre, desde

la cocina, grita
dos o tres veces
más: «¡A levantarse,
gandules!», pero como
siempre nos hacemos los sordos,
viene a tirarnos del pie hasta que nos caemos
de la cama, un método que no creo que haya
aprendido en ninguno de los manuales de
educación infantil que tienen en la estantería
del salón —*Educar a niños con calma*, *No les
dejes llorar*, *Crecer sin gritos ni lágrimas*,
etc.—. Visto lo visto, creo que no se han leído
ninguno.

A continuación, mi madre abre la puerta
del cuarto de baño para dejarnos hacer pis
mientras ella se da los últimos toques de rímel

y pintalabios y se queja de que solo tengamos un cuarto de baño —sí, se queja de eso *todos los días.*

Durante los siguientes quince minutos toca desayunar, lavarse y vestirse a toda velocidad. Mamá toma un horrible té verde que sabe a hierba seca cocida al mismo tiempo que prepara nuestros bocadillos para el recreo, olisqueando el chorizo o el chóped con cara de hambre, y papá nos pasa revista para asegurarse de que no nos hayamos dejado el pijama debajo del chándal o un pegote de pasta de dientes en la oreja, cosas que a veces ocurren porque a esas horas estamos zombis.

Por último, bajamos a la carrera al garaje, nos sentamos cada uno en su asiento, nos ponemos los cinturones de seguridad y salimos pitando hacia el colegio. El colegio está a la vuelta de la esquina, es más rápido ir andando, pero mis padres, en cuanto nos dejan en la puerta, tienen que salir a toda pastilla para no llegar tarde al trabajo. No llegar tarde al trabajo es lo más importante en la vida de nuestros padres, por eso nuestras mañanas son un poco estresantes.

Pero aquella mañana no fue así.

Me desperté cuando el sol ya se colaba por las rendijas de las persianas, lo cual, en pleno diciembre, significaba que debían de ser bastante más de las ocho. La casa estaba a oscuras y en silencio. Solo se oía el trajín de los gorriones, que nunca se oye por culpa del tráfico y de las obras. Pero no había ni tráfico ni obras. Una extraña tranquilidad reinaba en el mundo.

Al principio no comprendí que pasaba algo raro. Pensé que era domingo, aunque incluso en fin de semana se suele oír el motor de algún coche o los martillazos de un vecino con ganas de colgar cuadros cuando todo el mundo está durmiendo. Pero aquel día la paz era total, y continué tumbado como si nada. Hasta que me acordé de que el día anterior había sido lunes y, por lo tanto, estábamos a martes y, que yo supiera, aquel martes no era fiesta. Es más: aquel martes yo tenía examen de Matemáticas, mi asignatura favorita. Sí, ¿qué pasa?

Rápidamente abrí la persiana y me asomé. La ciudad entera parecía dormir: no se veía una sola persona ni un solo coche en la calle, y la zanja de la esquina, en la que siempre hay alguien perforando adoquines con un martillo neumático, estaba abandonada. Aquello no tenía explicación.

Entonces vi que Alejandra, que vive enfrente de nuestra casa, también miraba la calle desde su ventana. Alejandra es una niña de mi clase bastante flaca, con gafas y trenzas negras hasta la cintura, y muy, muy empollona, de esas que sacan sobresaliente en todo. Me vio y comenzamos a hacernos señas. A través del cristal me mostró un reloj despertador: eran las once. Después juntó las manos sobre su mejilla ladeando la cabeza y señaló hacia atrás, al interior de su casa, para indicarme que allí todos dormían. Yo le indiqué que lo mismo ocurría en la mía, y los dos nos encogimos de hombros: ¿qué estaba ocurriendo?

De la habitación de mis padres llegó el sonido de unos ronquidos. Eso quería decir que papá se había puesto boca arriba y mamá todavía no le había dado un empujón para volver a ponerlo de lado. Alejandra y yo nos hicimos una seña: iríamos a despertar a los demás.

Empecé por mi hermana.

—Minerva, son las once y papá y mamá no nos han despertado para ir al colegio.

Mi hermana abrió un ojo, me miró, se dio la vuelta en la cama y siguió durmiendo.

A continuación fui a la habitación de mis padres. Parecían dos bebés gigantes con la boca abierta y un hilillo de saliva colgando del labio. Empecé a zarandearlos.

—¡Papá, mamá, son las once! ¿Qué pasa? ¿Por qué no nos habéis llevado al colegio? ¡Tengo examen de Mates!

Mis padres abrieron cada uno un ojo, me miraron, se dieron la vuelta en la cama y siguieron durmiendo.

¡Qué raro! A los dos les importan mucho nuestras notas. Es lo que más les importa después de no llegar tarde al trabajo. ¿Y de repente les daba igual que faltara a un examen sin motivo ni razón?

Lo intenté otra vez. Los meneé lo más fuerte que pude. Nada. Me subí al colchón y empecé a saltar. Nada. Les taponé la nariz. Nada. Les tiré del pelo. Nada. Les soplé en la cara. Nada. Empecé a cantar a gritos la canción que llevaba varias semanas ensayando para el concierto de Navidad. ¡Por fin una reacción!

—¡Berto, vete! ¡Déjanos dormir!

—¡Pero tenéis que llevarme al colegio! ¡Y

vosotros tenéis que ir a trabajar! ¡Si no, os echarán y yo suspenderé el examen!

—¡Largo de aquí! —gritaron, lanzándome sus almohadas.

Me caí de la cama y, encima, cuando vieron la cara de pasmo que puse, empezaron a reír y a pegarse almohadazos el uno al otro.

Regresé a mi cuarto echando chispas. Minerva ya se había despertado y estaba sentada sobre el edredón jugando con sus muñecas. La Vampipepa estaba chupando la sangre a un muñeco calvo cinco veces más grande que ella. Se oían las risas de mis padres y, un momento

después, los vimos pasar corriendo y chillando por el pasillo, mi padre levantándole el camisón a mi madre para verle las bragas. Enseguida nos llegó el sonido del televisor, pero no eran las noticias ni ninguno de los culebrones o programas de cotilleos de la mañana. ¡Era *Peppa Pig*! Nos dirigimos al salón. Allí estaban, repanchingados en el sofá, viendo los dibujos animados y comiéndose nuestros Choco Chipos directamente de la caja, algo que mamá, si nos pilla, siempre castiga con un pellizquete en la mano, cosa que tampoco creo que se aprenda en los manuales de educación infantil.

—¡Qué raro! —exclamó Minerva—. Mamá nunca come cereales con chocolate.

—Mamá nunca come nada que tenga chocolate —puntualicé.

—Pues pone cara de contenta. Mira qué puñados se mete en la boca.

—Y creo que lo que está devorando con la otra mano es un chorizo de cantimpalo.

Pero como mi hermana solo tiene siete años, es decir, todavía es un ser que se adapta con facilidad a las situaciones nuevas, se sentó en medio de mis padres a ver la tele y a comer

Choco Chipos directamente de la caja, sin dar más importancia al extraño fenómeno de que a mi madre, de repente, le diera igual engordar.

—¿Alguien me va a llevar al colegio hoy? —pregunté indignado, aunque ya había perdido la esperanza.

Nadie contestó. Los tres miraban la pantalla como abducidos por algún habitante del televisor.

—Está bien —anuncié—. Pues me voy.

Ni caso me hicieron, así que me lavé, me vestí, me comí un plátano, cogí mi mochila y me dirigí a la puerta. No me dejaban bajar a la calle solo salvo a comprar el pan a la tienda de la esquina, y ni siquiera eso desde que habían comenzado a desaparecer niños por toda la ciudad sin dejar rastro. Un caso terrible: ocho niños —cuatro niños y cuatro niñas de entre cinco y diez años— habían sido secuestrados en las tres últimas semanas en parques y a la salida del colegio, y nadie, ni tan solo la policía, tenía la más mínima idea de lo que estaba ocurriendo. La alerta era máxima, y continuamente advertían en la tele y en la radio de que no se perdiera de vista a los pequeños ni un segundo. Pero aun así mis padres no se inmutaron cuando salí de casa. Se quedaron allí los dos, con mi hermana en medio, viendo los dibujos y glotoneando chuches, sí, *chuches*, algo que jamás nos permitían glotonear a nosotros y que en casa estaban prohibidas. Seguramente Minerva las había sacado del escondite donde ella y yo guardábamos las que nos regalaban en los cumples de otros niños. Justo antes de marcharme, vi a mi madre meterse en la boca cinco chicles de golpe. No entendía nada.

Cuando bajé, Alejandra estaba esperándome en el portal.

—Sabía que no faltarías al colegio —me dijo—. Como eres tan empollón... Y ponte bien las gafas, que siempre las llevas medio caídas.

Fruncí el ceño. ¿De verdad soy un empollón gafas-caídas?

—¿Se han despertado tus padres? —pregunté.

—Sí, pero no he conseguido que se levantaran. Están en la cama con mis hermanos jugando a una especie de... ¿pelota humana? Cuando les he pedido que me llevasen al colegio me han mirado como si estuviera loca.

—Mis padres lo mismo. Y ni siquiera se han

molestado en llamar al trabajo para decir que
están enfermos o que se les ha muerto una tía.

—Pues hoy no es sábado, ni domingo, ni
fiesta, ni estamos de vacaciones. No lo comprendo.

—Ni yo. Pero no estoy dispuesto a suspender Mates por su culpa.

Emprendimos el camino. Eran casi las doce,
y sin embargo apenas había nadie en la calle.

Solo nos cruzamos con una anciana subida en un patinete que iba cantando el *Waka Waka* de Shakira, y con el director del colegio, don Ramón, vestido con una gorra de béisbol que le tapaba la calva y un pantalón corto que dejaba al descubierto sus piernas flacas, blancas y peludas. Don Ramón había sacado a pasear a su perro —uno de esos pequeñajos con el pelo largo que ladran a todo el mundo—, pero como estaba muy concentrado jugando con una Game Boy, no se dio cuenta de que su mascota acababa de dejar una caca en la acera.

—Hola, chicos —nos dijo, sonriendo cuando nos vio.

¿«Chicos»? Don Ramón, como cualquier director de colegio, es la persona a la que te envían cuando te portas mal, la que llama a tus padres para decirles lo que has hecho, y la que te obliga a quedarte a la salida del colegio limpiando el patio para que aprendas la lección. Ni Alejandra ni yo hemos tenido que ir nunca a su despacho, pero aun así le tememos. Sus regañinas son legendarias y suelen escucharse por todo el edificio. Incluso si está de buenas, nos habla de usted, siempre va muy serio y muy estirado, jamás bromea con los alumnos y nunca nos llama «chicos», así que nos resultó muy extraño que nos saludara con una sonrisa enorme que nos permitió ver una dentadura demasiado blanca y perfecta para ser de verdad.

—¿Os venís a los columpios conmigo? ¡Este barrio es un rollo, no baja nadie a jugar!

Lo miramos sin saber qué decir. Las cosas se estaban poniendo cada vez más raras.

—Lo sentimos, don Ramón —dijo Alejandra—, pero tenemos un examen y ya llegamos muy tarde al colegio.

—Es que nuestros padres están gravemente enfermos. Ayer volvieron del trabajo con ochenta de fiebre y hoy no se han podido ni levantar. Creo que hay una epidemia de cólera —añadí apresuradamente, pensando que era necesario poner alguna excusa por nuestro retraso. Normalmente, llegar tarde a clase sin causa justificada es motivo de sanción.

Pero don Ramón, en vez de regañarnos, nos miró con cara de susto, como si le hubiéramos pillado en una mentira, dio unos pasos hacia atrás y salió corriendo a toda velocidad.

—¿Ochenta de fiebre? ¿Epidemia de cólera? ¡Lo has asustado! Podríamos haber intentado averiguar si hoy hay clase o no —dijo Alejandra.

—Creo que no ha salido corriendo por eso. Más bien me ha parecido que no le ha hecho gracia que le hayamos recordado que ahora mismo debería estar en su despacho echándole la bronca a algún pobre diablo —dije yo.

—¿Y si nos hemos equivocado? —preguntó Alejandra—. ¿Y si resulta que hoy es fiesta?

—¡Pero si ayer estuvimos repasando para el examen con don Joaquín! Y dijo: «A quien me suspenda mañana me lo como con kétchup.» ¿No te acuerdas?

—Ya, pero don Joaquín es muy despistado. ¿No te acuerdas tú de cuando estuvimos en el jardín botánico, que se nos perdió en uno de los invernaderos y lo encontramos donde las plantas carnívoras, con un dedo atrapado dentro de una flor? No te puedes fiar de él. Lo mismo se le olvidó que hoy no había clase.

Pero ya habíamos llegado al colegio y..., sí, estaba cerrado. Pero no, no parecía ser fiesta. Si no, ¿por qué había un grupo de niños y niñas de distintas edades delante de la puerta? Hablaban entre ellos y parecían confusos. Todos tenían la misma historia que contar: aquella mañana sus padres no se habían levantado para ir al trabajo ni para llevarlos a la escuela.

—Mi madre ha tirado el despertador por la ventana. Creo que le ha dado a alguien en la cabeza. Se ha oído un grito —dijo una niña de tercero.

—Mi padre se ha comido todas las latas de mejillones que había en el armario de las conservas. Cuando he salido estaba empezando con las de berberechos —contó Pedro, uno de mi clase de cuarto.

—Cuando me fui, mis padres estaban jugando a los barcos —intervino una de sexto.

—¡Pues qué formalitos! Los míos estaban saltando de mueble en mueble. El juego consistía en ir de un lado a otro del piso sin tocar el suelo. ¡Y eso que a mí no me dejan ni poner un dedo del pie encima del sofá! —comentó Silvia, la hija de la jefa de estudios.

—Pues a mí, mi abuela me ha llamado por teléfono para pedirme prestada mi colección de vídeos de *La abeja Maya* —dijo una de la clase de Minerva, de segundo.

—¿Las abuelas también se han vuelto locas? —preguntó uno de quinto.

—Sí, yo creo que incluso están peor. La mía vive en casa, y esta mañana, cuando he ido a su habitación a pedirle ayuda para despertar a mis padres, se ha lanzado sobre mí desde su cama gritando: «¡Al abordaje!» Tuve que escapar corriendo —relató Martín, de segundo.

—Mi abuelo, igual. Cuando me desperté, él y mi padre estaban jugando al fútbol en el salón. Para cuando salí, ya se habían cargado un espejo y la pantalla del televisor —dijo Juan, otro de quinto.

Alejandra y yo nos miramos. Estaba claro: no era solo en nuestra casa donde estaban ocurriendo cosas inquietantes.

—Vamos a pasear —propuse—. Necesito pensar.

A dos manzanas de allí había un parque. Fuimos caminando y al llegar nos sentamos en un banco. El cielo estaba despejado y, a pesar de la inminencia del invierno, no hacía frío.

—¿Por qué no subimos al Castillo Loco? —sugirió Alejandra.

—¿De verdad te apetece subir esa cuesta ahora?

El Castillo Loco es un gran columpio hecho de madera, acero y plástico de colores, con muchos toboganes, rampas, redes para trepar, barras de las que colgarse y por las que deslizarse, suelos que se tambalean, tubos por los que colarse, puentes colgantes y paredes tras las cuales esconderse, que las autoridades tuvieron la ocurrencia de colocar en un montecillo del parque, de manera que solo puedes llegar a él si primero asciendes una cuesta empinadísima. Quizá por eso no suele estar muy concurrido y a veces tiene un aire de buque fantasma. Yo, con cinco o seis años, había subido y bajado aquella cuesta varias veces al día sin problemas, pero con nueve a punto de diez, ya empezaba a notar el peso de la edad.

—Berto, te estás convirtiendo en un vago, y ya sabes cómo se les pone el culo de gordo a los que no hacen ejercicio.

—¡Yo no estoy gordo! —protesté.

—Yo no he dicho que estés gordo; de hecho, estás más bien flacucho. Solo he dicho que se te va a poner el culo gordo si sigues así. Tampoco es lógico que siempre saques sobresaliente en todo, pero suspendas Educación Física.

Alejandra acababa de darme donde más me dolía.

—Pero es que Ricardo quiere que me suba a lo alto de las espalderas, ¡y yo tengo vértigo! —me defendí.

—Déjate de excusas. Vamos para arriba.

—Está bien.

Y aunque tenía pocas ganas, empezamos el ascenso. Yo iba refunfuñando para mis adentros porque Alejandra es una mandona. Tiene cinco hermanos y está acostumbrada a pelear. Enseguida saca toda la artillería para salirse con la suya. Si había empezado por llamarme «culo gordo», no quería averiguar hasta dónde estaba dispuesta a llegar para conseguir su objetivo.

Alcanzamos la cima sin aliento. Alejandra enseguida se subió a la torre más alta del castillo. Yo también subí, después de pensármelo un poco, porque de todas formas no es tan alta, pero me quedé bastante alejado de la barandilla, por lo del vértigo. Desde allí se ve toda la ciudad: hacia el este, la parte antigua con sus edificios de piedra, madera y tejas, su catedral en el centro de la plaza y sus calles estrechas; hacia el sur, la parte nueva, donde está nuestro barrio; hacia el oeste, el río y los campos de huertas y frutales; y hacia el norte, la zona industrial, un montón de enormes bloques de cemento gris con largas chimeneas.

—¿Qué es ese humo rosa? —preguntó Alejandra.

Yo estaba observando que alguien había colgado unos globos en el campanario de la catedral, prueba de que también estaban ocurriendo cosas raras por allí, de modo que no había visto ningún humo rosa ni de ningún color.

—¿Qué humo rosa?

—Allí, en el polígono —respondió Alejandra—. El que sale de la chimenea del almacén de juguetes.

Miré hacia donde señalaba la uña mordida pintada de verde de Alejandra. Era cierto: una gran humareda rosa, del mismo rosa que el algodón de azúcar, salía de la chimenea del almacén.

—¡Qué extraño! —exclamé.

Durante aproximadamente un minuto contemplamos el fenómeno en silencio.

—Anoche hizo mucho viento —dijo Alejandra.

—Sí —asentí.

—Viento del norte —añadió Alejandra—.
Lo vi en Internet.

—El aire tenía un olor especial: dulzón.
Lo noté cuando salí a la terraza para mirar
por mi telescopio. Siempre observo las estrellas un rato por las noches —comenté sin fre-
narme a tiempo. No me gusta que la gente
sepa muchas cosas sobre mí, pero me fui de
la lengua.

—Te pega —dijo ella.

—¿Me pega el qué? ¿Qué quieres decir con eso? —pregunté, mosqueado.

—Nada malo, no pongas esa cara. Oye, ¿estás pensando lo mismo que yo? Del humo, digo.

—Sí, creo que sí —contesté.

—Podría tener relación —dijo Alejandra.

—Podría tenerla.

—Creo que deberíamos ir a investigar —propuso ella.

—¿Quién? ¿Nosotros? ¿Estás loca? Eso es cosa de la policía.

—¿La policía? Berto, piensa un poco, por favor. Sea lo que sea lo que está causando este problema, parece que afecta a los adultos; a *todos* los adultos, y eso incluye a los policías también.

Alejandra tenía razón, por mucho que me fastidiara reconocerlo. Pero ¿qué íbamos a hacer nosotros? Solo éramos dos niños, ¿qué podíamos hacer?

—Bien —dije—, pero me gustaría pasar por casa para ver cómo están las cosas. Mi hermana se ha quedado sola con esos y... —No terminé la frase. ¿Había algo que temer? ¿Se habían convertido en una amenaza, mis padres?

—Sí, y habrá que comer un poco. Tenemos que coger fuerzas, no sabemos lo que nos vamos a encontrar —dijo ella.

—¿Y quién nos va a hacer la comida? —pregunté sin pensar.

Alejandra me miró como si fuera tonto.

—Un bocadillo, un vaso de leche, una fruta, un trozo de chocolate..., ¿serás capaz de prepararte eso tú solito? —dijo con un tono un poco repelente.

—Supongo que sí. Y tú, ¿serás capaz de dejar de ser tan insoportable todo el rato?

Pero Alejandra ya había empezado a bajar la cuesta y no me oyó. O se hizo la sorda.

2

Los aspectos negativos

Mientras estábamos arriba, el parque se había ido llenando de gente. Hombres y mujeres de todas las edades, incluso ancianos y ancianas, se tiraban por los toboganes, se balanceaban en los columpios, patinaban o jugaban a la pelota. La señora María, mi vecina del quinto, una viejita de unos ochenta años que siempre se queja de los huesos, pasó por nuestro lado montada en una bicicleta.

—¡Mirad! ¡Voy sin manos! —gritó.

Dos segundos después se estrelló contra un árbol. La ayudamos a ponerse de pie. Estaba llorando y tenía un enorme rasguño en la pierna, así que la sentamos en un banco. Empecé a

explicarle que tenía que volver a casa cuanto antes para desinfectarse la herida, pero ella me miró como si yo fuera un pariente que quería estropearle el día, se levantó a toda prisa y volvió a subirse a la bicicleta.

Continuamos nuestro camino. Un grupo de personas se bañaban en ropa interior en una fuente. El agua estaba verde y helada, pero aun así parecían pasárselo bomba.

Muy cerca, unos cuarentones de los que normalmente tienen cara de aburrimiento todo el rato estaban haciendo aviones de papel y lanzándoselos a los que pasaban por allí. Apuntaban al trasero y, cuando acertaban, gritaban «Gooool» entre muchas risitas. Patético. Alejandra y yo no solo no nos libramos, sino que fuimos atacados por varios al mismo tiempo. Cuando nos agachamos para recoger los aviones del suelo, Alejandra abrió uno y, mostrándome la hoja desplegada, dijo:

—Mira lo que están usando estos lelos para hacer los aviones.

—¿No podían haber usado otra cosa? ¿Era necesario que arrancasen los carteles advirtiendo de los secuestros? —pregunté.

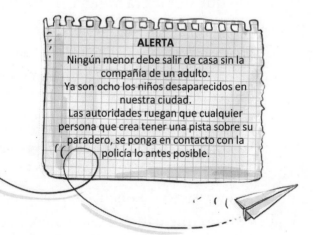

ALERTA

Ningún menor debe salir de casa sin la compañía de un adulto.
Ya son ocho los niños desaparecidos en nuestra ciudad.
Las autoridades ruegan que cualquier persona que crea tener una pista sobre su paradero, se ponga en contacto con la policía lo antes posible.

—Bueno, todavía quedan muchos —dijo Alejandra—. No te preocupes por eso.

Era cierto, la ciudad entera estaba forrada desde hacía unos días con esos carteles. Seguro que ya se habían enterado hasta los gorriones.

Justo después nos encontramos con los padres y los hermanos pequeños de Alejandra, tirados por el suelo haciendo una fortaleza de arena.

—¡Mamá! ¡Papá! Vamos a casa —les dijo ella—. Os haré la comida.

—Ya hemos comido —repuso su padre—. Nos hemos zampado todas las palmeras de chocolate de la pastelería de Manolo, que nos ha abierto y nos ha dicho que podíamos comernos lo que nos diera la gana. Y nos ha dado la gana de comernos las palmeras.

Manolo es el dueño de la pastelería de la esquina. También participaba en la construcción del castillo.

—¡Pero hay que volver a casa! Tengo que hablar con vosotros. Berto y yo creemos que todo lo que está ocurriendo es por culpa del... —Alejandra no terminó de decir lo que quería decir. Era obvio que nadie, excepto yo, la estaba escuchando. Su padre daba instrucciones para cavar un foso, y su madre acababa de echarse a llorar porque alguien le había quitado su palita naranja.

—Vámonos —dije—. Sigamos con nuestro plan.

Por el camino advertí que parecía preocupada.

—No te agobies. Sea lo que sea lo que está causando esto, estoy seguro de que se va a arreglar pronto.

Alejandra me miró sonriendo, pero sus ojos no sonreían.

—¿Sabes? En realidad, tampoco está tan mal. Al menos no estaban discutiendo —dijo.

—¿Quiénes no estaban discutiendo? —pregunté.

—Mis padres. Últimamente siempre están discutiendo. Desde que mi padre perdió su trabajo. Estoy harta. Es mejor verlos así, construyendo castillos.

No supe qué decir, así que no dije nada, pero le di la mano y ella volvió a sonreír. Esta vez sus ojos también sonreían.

—Bueno, en media hora nos vemos aquí —dijo al llegar a nuestra calle—. Si tienes al-

gún problema, grita desde tu ventana. Hoy nadie nos va a regañar por eso.

Cuando estuve delante de mi puerta, pulsé el timbre. Tuve que llamar varias veces, porque había tal alboroto dentro que allí nadie oía nada. Por fin, Minerva me abrió. Iba vestida de Blancanieves. Estaba llorando y tenía un aspecto algo chocante, con su largo pelo rubio todo despeinado, la cara roja, cubierta de lágrimas y manchada de chocolate, y aquel disfraz de princesa que se le había quedado un poco pequeño.

—¿Qué te pasa? —le pregunté.

Minerva no contestó, pero se apartó para que entrara, señalando hacia el interior de la casa. *Bob Esponja* y *Cantajuego*, los dos a todo volumen, uno desde el televisor y el otro desde el aparato de música, golpearon mis oídos. También se oía una especie de riña de gatos, pero cuando pasé al salón después de esquivar un reguero de juguetes, lo que me encontré no fue ningún gato sino a mis padres, todavía en pijama, hechos un ovillo sobre el suelo y tirándose del pelo, arañándose y pellizcándose mientras gritaban: «¡Es mía!», «¡No! ¡Mía!», entre mordisco y mordisco.

—En realidad, es mía —dijo mi hermana detrás de mí, todavía llorando—. Mi muñeca... Se están peleando por mi muñeca meona.

El salón parecía el escenario de un tsunami: cojines, rotuladores, papeles y montones de juguetes tirados por todas partes, restos de comida y chuches por los rincones, un tazón roto con su contenido de leche y cereales esparcido por el parquet, macetas volcadas... Y, en medio de todo aquello, mis padres comportándose como dos chimpancés, con perdón de los chimpancés.

Cogí a Minerva de la mano y me la llevé de allí. Aquel espectáculo era demasiado para una niña pequeña.

El resto de la casa estaba igual. No quedaba uno solo de nuestros libros, de nuestros puzles, de nuestras cosas en las estanterías. Todo estaba desparramado encima de camas, mesas, sillas y alfombras. En el cuarto de baño el grifo estaba abierto y el lavabo lleno de pegotes blancos.

—En vez de lavarse los dientes han estado haciendo figuritas con la pasta —me informó mi hermana.

En la cocina habían dejado el congelador

mal cerrado al sacar el helado —la tarrina estaba en el suelo, vacía— y toda la comida se había descongelado dejando un gran charco de agua sobre las baldosas.

—¿Qué está pasando? —preguntó Minerva, poniéndose roja de rabia otra vez—. Al principio fue divertido, pero luego... ¡Están locos! Empezaron a saltar por las sillas, a patinar por el pasillo... Les dije que me dolía la tripa por las chuches... ¡y se rieron! Cuando pedí a mamá que me diera mi ropa y me llevara al colegio, me puso este estúpido disfraz y siguió jugando con el tren eléctrico. ¿Es que se creen que tienen dos años? ¡Idiotas! ¡Estúpidos! ¡Gili...!

Le tapé la boca. Minerva suele ser una niña muy dulce, pero cuando se enfada se le dispara la lengua y utiliza un lenguaje poco apropiado para su edad.

—No te preocupes, todo se arreglará —dije—. Vamos a la cocina. Prepararé algo de comer y luego iremos con Alejandra a ver si averiguamos lo que ocurre.

Desde la cocina veíamos el salón. Mis padres ya no se peleaban por la muñeca; de hecho, la muñeca estaba abandonada bocabajo en un rincón. Mamá estaba pintando caras sonrientes en la pared con mis rotuladores —si nos hubiera pillado a nosotros haciendo eso nos habría matado— y papá investigaba la materia orgánica entre los dedos de sus pies, cosa por la que a Minerva le llamaban la atención constantemente.

Nos comimos un bocadillo de jamón y queso, unas mandarinas y unos yogures. Después me despedí de nuestros padres. Minerva se cruzó de brazos mirándolos con rencor. De todos modos, no nos hicieron ni caso a ninguno de los dos. Antes de cerrar la puerta, me acordé de coger una linterna del armario de la entrada por si se nos hacía de noche.

Cuando bajamos, Alejandra estaba de nuevo esperando en el portal, esta vez con su mellizo, Daniel, el único de sus hermanos al que no habíamos visto en el parque. Al parecer, se había quedado en casa, él solo, jugando con la Play y comiendo cacahuetes.

Daniel no se parece en nada a Alejandra: es pelirrojo, lleva el pelo cortado a cepillo, tiene pecas, está flaco como un gato callejero y casi todos los días acaba castigado en el despacho del director. Dicen que fue Daniel, aunque nadie lo sabe seguro, el que metió una culebra de río en el bolso de doña Luisa, nuestra tutora del año pasado, por haberle suspendido en Cono, Valores, Mates y Lengua en la segunda evaluación. Con lo que nadie contaba, fue con que doña Luisa no solo no se asustó, sino que compró un acuario, cubrió el fondo de piedras y plantas, y convirtió la culebra en la mascota de la clase. Y a Daniel le encargó que durante los recreos cazara moscas y otros bichos para alimentarla. De nada sirvió que Daniel protestara y repitiera que no había sido él. «Nadie ha dicho que hayas sido tú», le dijo doña Luisa. «Pero estoy segura de que, teniendo una ocupación así de interesante, ya no te dedicarás a tirar de las coletas a las niñas mientras juegan en el patio.» Al final, lo cierto es que toda la clase acabó ayudando a Daniel a cazar moscas. Cada día había una competición para ver quién cazaba más moscas, hasta que la culebra se escapó y se nos acabó la diversión.

—¿Por qué estás vestida de Blancanieves? No es Carnaval. Resulta ridículo —dijo Daniel a Minerva nada más verla, porque sí, para chinchar.

—Tú todavía estás en pijama. Y no es la

hora de dormir —contestó mi hermana, sacándole la lengua.

—Hoy es un día raro. ¿Qué más da cómo vayamos vestidos? —intervine, temiendo un altercado. Como ya he dicho, Minerva tiene mal genio.

—Vamos. Berto y yo os enseñaremos lo que hemos descubierto —dijo Alejandra.

Nos dirigimos al parque, subimos otra vez al Castillo Loco y les mostramos la columna de humo rosa.

—¡Dan ganas de comerse eso! —exclamó Minerva, que es muy golosa.

—¡Vaya pasada! —dijo Daniel.

—Berto y yo tenemos la sospecha de que es este humo lo que está causando el comportamiento tan extraño de nuestros padres. Ayer el viento sopló con fuerza y extendió el humo por la ciudad —explicó Alejandra.

—Y a ver, listillos, ¿cómo es que no afecta también a los niños? —preguntó Daniel, a quien le gusta mucho llevar la contraria a su hermana, supongo que para vengarse porque ella saca mejores notas que él.

—No lo sabemos. Ni siquiera estamos seguros de que el humo sea el culpable de esto —contesté—, pero lo parece. Puede que contenga un componente químico que solo a los adultos por estar relacionado con alguna hormona que se desarrolla con la edad. Es una hipótesis.

Daniel me miró como uno miraría a un conejo con seis ojos o a un avestruz parlante.

—¿Sabes? A los empollones sabihondos como vosotros no hay quien os entienda —dijo—. En vez de alegraros porque no hay colegio, y porque los padres y los maestros parecen haberse vuelto locos y ya no nos regañan por nada ni nos dan la plasta todo el rato, queréis averiguar lo que ha pasado para que todo vuelva a ser tan aburrido como antes. No lo comprendo, la verdad.

—Daniel, cerebro de bacteria, ¿no te das cuenta de que no solo no hay colegio, sino que tampoco funciona el hospital, ni la comisaría, ni los bomberos, ni el parque de atracciones, ni los autobuses, ni los cines, ni los supermercados, ni nada de nada, y que si esto sigue así pronto no tendremos comida en la nevera ni en ninguna de las tiendas de la ciudad? —chilló Alejandra, que tiene poca paciencia con su mellizo.

—Creo que te estás centrando en los aspectos negativos —replicó Daniel.

—Pues espera a ponerte enfermo y a no tener quién te cure ni nada que comer, a ver si eres capaz de ver el lado positivo.

—¡Qué gafe eres, hermanita!

—Bueno, ¿qué? ¿Vamos a hacer algo o no? —preguntó Minerva.

—Berto y yo iremos al almacén a ver qué pasa. El que quiera, que venga —contestó Alejandra.

—Yo voy con vosotros —dijo Minerva—. No me gusta que mis padres se peleen por mi muñeca.

—¿Y tú, Daniel? —pregunté.

—Yo ya veré. Si no surge nada mejor que hacer por el camino...

3

Alguien se va a hacer daño

Bajamos la cuesta en dirección al polígono industrial. Durante la hora siguiente, caminamos por las calles que iban hacia el norte de la ciudad observando todo lo que ocurría a nuestro alrededor.

Pasamos por una pastelería a la que le habían roto la luna del escaparate y en la que un montón de personas estaban zampándose los pasteles y los bollos como si llevaran varios días sin comer. Solo se diferenciaban de una manada de zombis hambrientos en que devoraban dulces en vez de vísceras.

Nos cruzamos con nuestra profesora de música, Lucía, que había abandonado su piano

y estaba tocando alegremente el tambor mientras su marido la acompañaba con las maracas. Los dos iban cantando y bailando, y sus hijos, detrás, parecían bastante avergonzados.

—No se lo contéis a nadie, por favor —nos pidieron.

Vimos al director del banco más importante de la ciudad, don Franquicio Amontono, un señor bajito con tres pelos aplastados con gomina que siempre va de traje negro, conduciendo un triciclo a todo trapo por en medio de la calzada con un camisón blanco que probablemente perteneció a su madre en otro tiempo. Gritaba enloquecidamente con su voz de pito: «¡Piii, piii! ¡Piii, piii!» Daba penilla verlo.

Al poco nos encontramos con mis abuelos, que habían salido a pasear disfrazados de pastorcitos y nos pidieron que nos disfrazáramos de ovejitas y fuéramos a jugar con ellos.

—Sí, sí, vamos a ver si encontramos un poco de lana para pegarnos por el cuerpo —les dijimos mientras huíamos a toda velocidad.

—¿Es que no ha quedado ningún adulto normal? Cada vez me parece más incomprensible lo que está pasando —comentó Alejandra.

—Pues a mí me mola —dijo Daniel—. Ojalá fueran así siempre. Son de lo más gracioso. ¡Y hoy todavía no me ha regañado ninguno! ¡Un mundo de adultos que no te fastidian a cada paso! ¡Poder hacer lo que te dé la gana siempre! Sería fantástico. Espero que se queden así.

—Claro —replicó ella—, a ti te gustaría pasarte la vida jugando al fútbol, viendo la tele o dándole a la consola, y no tener que ir al colegio, ni estudiar, ni ducharte, ni lavarte los dientes... Y solo comerías salchichas y patatas fritas, y te tirarías pedos y eructos en la mesa, y te sacarías los...

—Jo, suena flipante —cortó Daniel, riéndose.

—Eres un troglodita.

—Y tú una cursi y una pesada.

—Venga, chicos, dejadlo ya —dije—. Estamos aquí para averiguar lo que pasa, no para discutir.

—Lo siento —se disculpó Alejandra—. Tienes razón. Es que me pone...

Un rato después pasamos por delante de una residencia de ancianos de la que salía ruido de verbena. Cuando nos asomamos para ver qué pasaba, descubrimos que la planta baja parecía el patio de un colegio, salvo que las carreras las echaban en silla de ruedas y usaban los bastones para jugar a espadachines, todo a ritmo de pasodoble. Una señora muy mayor y muy poca cosa se había colgado de una lámpara y estaba dando alaridos a lo Tarzán, no sabemos si porque se creía Tarzán o porque quería bajar y no podía. Le ofrecimos ayuda, pero nos miró como si no nos comprendiera. Quizás estaba sorda.

Seguimos nuestro camino. Empezó a nublarse y se levantó una brisa.

—Huele rico —dijo Minerva.

—Huele a azúcar —apuntó Daniel.

—Es el mismo olor que noté anoche —expliqué—. Es ese humo rosa. Como se ha levantado brisa se está extendiendo otra vez.

—Eso significa que los mayores van a recibir otra dosis de lo que sea que los ha vuelto turulatos, ¿no es así? —preguntó Daniel.

—Eso creo —contesté.

—O sea, que continúa la diversión —añadió él.

—A mí no me parece tan divertido —intervino Minerva—. Me da miedo. Estoy segura de que alguien se va a hacer daño.

—Bah, como mucho, con un poco de suerte, don Joaquín se hará un esguince y estará unos días sin fastidiarnos con sus dictados. Lo digo porque esta mañana lo he visto saltando a la pata coja de una forma un poco arriesgada para un señor de su edad —comentó Daniel.

—¡Qué bestia eres! —le dijo Alejandra.

De pronto nos vimos ante un chico de nuestra edad que estaba sentado en el suelo al lado de un hombre que lloraba. El hombre, tumbado, parecía estar sufriendo bastante.

—¿Qué pasa? —preguntamos.

—Es mi padre —contestó el niño, muy nervioso—. Le dije que no se subiera al árbol, pero no me hizo ni caso. Se cayó, y creo que tiene una pierna rota. He llamado a emergencias, pero nadie contesta.

El padre gemía de dolor, daba verdadera pena verlo. Incluso Daniel parecía alarmado por la situación.

—¿Hay algún médico por aquí? —empecé a gritar—. ¡Necesitamos ayuda!

Nadie contestó, pero sabíamos que no podíamos dejar tirados a aquellos dos, así que empezamos a preguntar a todos los que pasaban, por si alguno era médico. Por fin, una señora que paseaba con un carrito lleno de muñecas nos miró con atención cuando le hicimos la pregunta, y la cara se le iluminó de repente.

—¡Sí! ¡Yo soy médica! —respondió con una sonrisa.

Le explicamos el problema. Miró al paciente como si mirara a uno de sus muñecos y dijo:

—Pero no podemos curarle aquí en medio, no tenemos lo necesario... ¡Debemos llevarlo al hospital! Yo trabajo allí.

—Ya, pues si usted no ha ido a trabajar, ¿no le parece que los demás médicos habrán hecho lo mismo, y que lo más probable es que hoy el hospital sea un campo de batalla? —le hice notar. No quise pensar en las decenas de enfermos que en ese momento estarían haciendo el loco por las habitaciones y los quirófanos, saltando de camilla en camilla o patinando sobre ellas por los pasillos gotero en ristre, porque me pareció una imagen demasiado espantosa para regodearme en ella.

—Pues llevémoslo a su casa —propuso ella

sin más. Y dicho esto, sacó a todos sus muñecos del carrito y los dejó muy bien colocados en el banco de una parada de autobús—. Portaos bien —les dijo—. Enseguida vuelvo.

A continuación, puso con mucho cuidado la almohada del carrito bajo la pierna del hombre y luego pidió la capa de Blancanieves a mi hermana. Con ella envolvió la pierna y la almohada.

—Ayudadme a subirlo a la ambulancia —pidió, señalando el carrito—. Ante todo, no debemos moverle la pierna —añadió.

Despacio, lo sentamos con las piernas extendidas hacia delante y apoyadas en el mani-

llar, y lo llevamos así hasta su casa, que, por suerte para él, estaba cerca. La mujer, que se llamaba Sara, fue reproduciendo el sonido de una sirena todo el camino.

Nada más llegar, tumbamos al hombre sobre su cama y Sara pidió vendas, esparadrapo, algodón, unos cartones para entablillarle la pierna y un calmante para el dolor. Tomás, el hijo del accidentado, buscó un rato por la casa y encontró todo lo necesario.

Mientras la observaba trabajar, Sara me recordaba a mi hermana cuando juega con la Vampipepa y los bebés meones, hablándoles muy bajito y representando las voces de todos los implicados ella sola: «¡No me chupes más sangre, por favor!», «Solo un poquito más, tontito, que todavía tienes mucha, ¿no ves lo gordito que estás?».

—¿Será médica de verdad? —me preguntó Daniel al oído.

—Creo que sí. Parece que sabe lo que hace.

Cuando Sara terminó, le dimos las gracias y una bolsa de gominolas, y enseguida se marchó, pues estaba muy preocupada por sus «bebés», «tan solitos en la parada de autobús, y con un secuestrador suelto por la ciudad».

Entonces le explicamos a Tomás lo que creíamos que podía estar ocurriendo.

—¿Puedo ir con vosotros? —nos preguntó—. Necesito que esto se solucione cuanto antes. Estoy preocupado por mi padre. La cura que le ha hecho la doctora es provisional, ella misma lo ha dicho. Tendrán que hacerle radiografías y escayolarle la pierna. Si no, el hueso no se le soldará bien.

—Pero él no se puede levantar. ¿Hay alguien que pueda cuidarlo si tú no estás? —preguntó Alejandra.

—No, es verdad. Solo estoy yo —contestó Tomás.

—¿Y tu madre? —quiso saber Minerva.

—Mi madre salió esta mañana con mi monopatín y todavía no ha vuelto.

—Entonces tendrás que esperar a que vuelva. Cuando llegue, le explicas el problema y le dices que tiene que jugar a enfermeras con él. Y entonces vienes a buscarnos. Es fácil. Solo tienes que dirigirte hacia la columna de humo rosa —dijo Alejandra.

Minerva se puso otra vez su capa de Blancanieves, nos despedimos de Tomás y volvimos a emprender nuestro camino.

4

Demasiadas tentaciones

Eran las seis de la tarde y estaba oscureciendo. El cielo se había cubierto de nubarrones negros y el viento soplaba cada vez más fuerte. Las calles seguían llenas de niños y mayores. Los pequeños perseguían a sus padres para intentar controlarlos, pero estos se escabullían corriendo y riéndose como si estuviera a punto de llegar el fin del mundo. Por todas partes se veían los estragos causados por aquel extraño fenómeno: las aceras y calzadas estaban sembradas de juguetes abandonados, bolsas de patatas fritas, envoltorios de caramelos y ramas de árboles rotas, y, de vez en cuando, entre las risas y los gritos, se oía llorar a algún niño o a algún adulto por una caída, o porque le habían quitado algo que era suyo, o porque quería apropiarse de algo que no lo era, o por cualquier otra causa.

Por fin llegamos ante la puerta del gran almacén de juguetes. Se había hecho de noche y no había ninguna farola encendida por allí, así que fue una suerte que llevara la linterna conmigo. El aparcamiento, al igual que el de los demás edificios del polígono industrial, estaba desierto. Allí tampoco había ido nadie a trabajar. O eso parecía. Me pregunté quién estaba manteniendo viva la hoguera que producía el humo rosa.

Llamamos a la puerta varias veces, pero nadie nos abrió. Decidimos rodear el edificio para ver si encontrábamos algún hueco por el que colarnos. Pronto descubrimos que todas las ventanas de la primera planta tenían barrotes. Empezábamos a perder la esperanza de entrar cuando dimos con una estrecha escalera metálica que subía en vertical, pegada a la pared, hasta el tejado del edificio.

—Parece una antigua escalera de emergencia —dijo Daniel—. Podemos subir por ella hasta la azotea, y desde allí seguro que será fácil entrar en el almacén.

—¿Estás diciendo que vamos a tener que trepar diez pisos por esa cosa fría y resbaladiza en medio de esta oscuridad? —preguntó Alejandra.

—Yo no pasaré del tercer peldaño —les advertí—. Sufro de vértigo.

—A mí también me da miedo —reconoció Minerva.

Daniel nos miró con expresión de burla.

—Menudos investigadores estáis hechos, a la primera dificultad os rajáis. Pues nada, volvamos a casita, aquí ya hemos terminado.

—No, espera, nadie ha dicho que no lo vayamos a ha-

cer, solo hemos dicho que tenemos miedo
—dije.

—¿Pues qué propones? —preguntó Alejandra—. A mí no me dan miedo las alturas,
pero no me fío de esa escalera.

—No sé... —dije—. Quizá, con lo oscuro
que está, no pueda ver el suelo. Entonces no
sentiré vértigo. Y tú, Minerva, podrías ir atada
a mí, por si te resbalas. Te ataré con tu capa.

—¡Ja! ¿Y si te resbalas tú? ¡Os caeríais los
dos! —exclamó Daniel, riéndose.

—Es peligroso —dijo Alejandra—. No podemos trepar diez pisos sin ver dónde ponemos los pies.

—Muy bien, doña Prudente, pues media
vuelta —dijo Daniel.

—¡No! ¡Yo subiré! Estoy seguro de que a
oscuras, como no puedo ver el suelo, no tendré problemas —insistí—. Vosotros esperadme en la puerta. Os abriré desde dentro —añadí, sin pensar y sin estar nada seguro, en
realidad, de si sería capaz de hacerlo. Todavía
hoy no sé qué fue lo que aquel día me empujó
a intentar vencer mi terror a las alturas. Creo
que, ya que habíamos llegado hasta allí, no
quería irme sin averiguar qué era lo que estaba

pasando. En la batalla entre la curiosidad y el miedo, ganó la primera. Supongo que para hacer un descubrimiento a veces no queda más remedio que arriesgarse.

—De eso nada —dijo Minerva—. Donde tú vayas, yo voy.

—Yo también voy, esto es como un videojuego —dijo Daniel.

—Entonces, ¿por qué no subes tú y nos abres tú? Eres el único al que no le da miedo —propuso Alejandra.

—¡Ah, no! —respondió Daniel—. A mí no me da miedo subir por esa escalera; lo que me da miedo es entrar solo ahí dentro. ¡A saber con qué nos vamos a encontrar!

—Me alegro de que, al menos, seas capaz de admitir que también tienes miedo. Empezaba a pensar que eras un cafre sin remedio, hermanito.

Nos quedamos en silencio unos segundos.

—Bueno, ¿qué hacemos? —pregunté al fin.

—Yo quiero que vayamos todos juntos —repuso Minerva.

—Y yo —dijo Daniel.

—Está bien —accedió Alejandra—. Pero tenemos que ir con mucho cuidado, ¿vale?

Empezamos la escalada a ciegas, pues ni siquiera podíamos usar la linterna porque necesitábamos tener las manos libres para agarrarnos a la escalera. Daniel iba el primero y yo iba el último. Al principio no fue difícil, pero a medida que ascendíamos empezaron a sudarnos las palmas de las manos y comenzamos a notar el cansancio. El viento soplaba cada vez con mayor fuerza, y, cuanto más subíamos, más nos azotaba. Me concentré en mirar solo hacia arriba, las estrellas, como hacía todas las noches antes de acostarme desde mi terraza, apuntando con mi telescopio a todos los rincones del universo. Aquello me dio seguridad.

—¿Vas bien? —pregunté a mi hermana.

—Sí, no te preocupes por mí —contestó, y me tranquilicé recordando que Minerva era ágil como un gato.

Por fin llegamos a la azotea. Estábamos agotados, no solo por el esfuerzo físico que acabábamos de realizar, sino, sobre todo, por la tensión del momento. Nos quedamos unos minutos sentados recobrando el aliento.

—Busquemos la entrada —dijo Alejandra—. No perdamos más tiempo.

Pronto encontramos en el suelo una puerta

de metal que, por suerte, no tenía echado el cerrojo, y conseguimos entrar en el almacén.

—Tenemos que bajar al sótano. Ahí es donde probablemente estará el origen del humo, en alguna caldera —dije.

Comenzamos a recorrer las diez plantas del edificio, que estaba a oscuras, iluminándonos con la luz de mi linterna. Era impresionante, daban ganas de quedarse a vivir allí y que el mundo se las arreglara solo: ¡cientos de juguetes diferentes, todos a nuestra disposición!

Décima planta: juegos electrónicos, consolas, tabletas, Play Stations, Game Boys, videojuegos...

—Yo me quedo aquí —anunció Daniel cogiendo los mandos de la Wii—. Ya nos veremos en otra vida.

—Tú te vienes ahora mismo con nosotros, neurona de calabaza —masculló su hermana, agarrándolo del brazo.

Novena planta: bicicletas, motos, triciclos, patinetes, patines...

—¡Mirad, esta es la que me voy a pedir para mi cumpleaños! —exclamó Alejandra ante una bicicleta roja muy vistosa—. ¡Fijaos cuántas marchas! Y está decorada con purpurina, y tiene un cesto delante y un maletero detrás, y mirad qué sillín más mullido, y qué casco más bonito a juego, y qué manillar tan aerodinámico...

—Sí, sí, es muy fardona y lo que tú digas, pero esa no te la van a comprar, hermanita. ¿Has visto lo que cuesta? —dijo Daniel—. Te recuerdo que papá está en el paro y que somos ocho en casa.

Alejandra se quedó callada.

—Solo estaba soñando por un momento

—murmuró por fin, intentando disimular su decepción.

—¿Cuándo es tu cumpleaños? —le pregunté.

—La semana que viene. Pero Daniel tiene razón, por una vez. Mis padres, como mucho, podrán regalarme una bici de segunda mano. De todas formas, lo prefiero así. Es más ecológico. Estamos destruyendo el planeta con tanto consumo.

Octava planta: muñecas, casitas y muebles de muñecas, accesorios de muñecas... Fue casi imposible sacar a Minerva de allí.

—¡Por favor, déjame ver esos ataúdes para mis Quecazombis! ¡Solo verlos! ¡Y los pañales malolientes de Cagonceta! ¡Huelen que apestan! ¡Mira, huele! ¡Y la Mansión Escalofriante de la Marni Psicópata! ¡Es preciosa! ¿Qué quiere decir «escalofriante», Berto?

—¡Vámonos de aquí! —dije, llevándomela a rastras.

Séptima planta: juegos de mesa, juegos educativos e instrumentos musicales.

—¿Os hace un parchís? Podríamos jugarnos unas bolsas de quicos o unos polos... —sugirió Daniel.

—¡Vaaamos! —urgió Alejandra.

Sexta planta: peluches, peluches y más peluches.

—¡Mira qué gorila verde más lindo, Berto! ¿Me lo puedo quedar? —preguntó Minerva, abrazándose a una bola peluda más grande que ella.

—Por supuesto que no.

—Nadie lo va a notar.

—Lo vas a notar tú. Déjalo en su sitio.

Quinta planta: coches, camiones, aviones y barcos teledirigidos.

Aquí, supongo que porque ya no aguantábamos más con tantas tentaciones, nos olvidamos por unos momentos de nuestra misión y nos pusimos a jugar cada uno con algo. Yo andaba ocupado con una excavadora y Daniel estaba haciendo volar un helicóptero cuando oímos un estrépito de cristales rotos.

—¿Qué has hecho ahora? —preguntó Alejandra.

—No lo sé. Creo que el helicóptero ha chocado con algo que hay ahí arriba —contestó él.

Enfoqué mi linterna hacia el techo y la vi.

—Es una cámara —anuncié—. Esperad, voy a ver si hay más.

Recorrimos la sala dirigiendo la linterna hacia la parte alta de las paredes. Había cámaras por todas partes.

—Tengo la ligera sospecha de que nos están observando —dijo Daniel.

—Yo también —admití.

—Y yo. Y no me gusta un pelo —comentó Alejandra.

Minerva sacó la lengua a una que en ese momento nos estaba enfocando.

—Habrá que ir con cuidado —advirtió Alejandra.

—Venga, tenemos que seguir bajando —dije—. Y prohibido parar hasta llegar al sótano. No hemos venido a jugar.

—Jo, qué petardos sois —dijo Daniel.

Cuarta planta: disfraces, artículos de broma y de fiesta...

Tercera planta: juegos de construcción, puzles, maquetas...

Segunda planta: cocinitas, talleres de bricolaje, tipis, guiñoles...

Primera planta: juguetes deportivos.

Por fin llegamos a la planta baja, donde se encontraba la recepción del almacén. Estábamos buscando la puerta que conducía al sótano cuando, de repente, la sala se iluminó por completo.

—Hola, niños —oímos a nuestra espalda—. ¿Os han gustado mis juguetes?

5

Puro márketing

Nos pegamos tal susto que casi nos dimos contra el techo. Al darnos la vuelta para ver a la causante —era una voz de mujer— de nuestro sobresalto, nos encontramos ante una señora bajita, delgada, teñida de rubio, con largas uñas rojas, un traje de chaqueta verde, zapatos de tacón negros y una sonrisa que no me acababa de convencer.

—Oh, no pretendía asustaros —dijo, mirándonos con sus ojillos penetrantes—. Me encanta recibir visitas de niños. Necesito estar al tanto de lo que les gusta para que mi negocio prospere. Si me hubierais avisado, habría pedido a alguno de mis empleados que os sirviese de guía.

—¿Quién eres? —preguntó Minerva.

—Vaya, vaya... ¿No te han enseñado a hablar de usted a las personas mayores, niñita insolente? Ya he visto antes lo larga que tienes la lengua —dijo la señora sin perder la sonrisa, dejándonos claro, por si teníamos alguna duda, que nos había estado espiando—. Pues resulta, niños y niñas, que yo soy la señora Agarra, la dueña de este almacén y de todas las fábricas de juguetes de la ciudad, la empresaria más

admirada y la mujer más rica en muchísimos, muchísimos kilómetros a la redonda. —Al pronunciar la palabra «rica», la señora Agarra bizqueó llena de excitación.

—La felicito —dijo Daniel—. Ya que es millonaria, ¿me puede prestar veinte pavos? Prometo no hacerle el feo de devolvérselos.

La señora Agarra lo miró como si quisiera trocearlo allí mismo.

—Si ya sabía que estábamos aquí, y si somos bienvenidos, como usted dice, ¿por qué no nos ha dado la luz antes? —preguntó Alejandra.

—Oh, me pareció que os estabais divirtiendo mucho, la oscuridad le da más misterio a todo, no quise quitar emoción a vuestra aventura —respondió la señora con una sonrisa aún más amplia, y entonces se le vieron dos colmillos algo más largos de lo normal.

—¿Sabe por qué hemos venido? —preguntó Alejandra.

—¿A robar mis juguetes, quizá? —repuso ella.

—¡Oiga, no somos ningunos ladrones! —exclamó Minerva.

—Usted sabe perfectamente que no hemos

venido por eso —dije—. Usted sabe muy bien por qué hemos venido.

—¿Ah, sí? Pues no caigo...

—¡Hemos venido por el humo rosa! ¡El humo rosa ha hecho que nuestros papás se vuelvan locos! —gritó Minerva con voz desafiante.

—¿Locos? No, no, no, no... Yo no diría tanto. Yo diría que les ha vuelto un poco más... niños. No hay nada malo en eso: les ha devuelto la ilusión y las ganas de jugar y divertirse, lo cual es fantástico, maravilloso. Cuando llegue la Navidad comprarán más juguetes que nunca, y yo seré mucho más rica.

—Entonces..., el humo rosa... ¡es un plan para vender más! —exclamé.

—Por supuesto. A veces es necesario tomar medidas drásticas para mantener el negocio. Y es que, últimamente, con tanta crisis y tanto parado, no vendo casi nada. Algo tenía que hacer.

—¡Pero es usted una bruja! ¿No se da cuenta de lo que ha hecho? —pregunté—. Todos los adultos se están comportando como si tuvieran tres años, ninguno ha ido a trabajar, no nos han llevado al colegio, han olvidado todas sus responsabilidades. ¡La ciudad es un caos!

—Oh, bueno, quizás habrá que reducir un poco la cantidad de infantilizante que hemos puesto en el caldero. Es que todavía estamos probando la mezcla. Evidentemente, necesito que mis obreros vengan a trabajar y que vuestros papás sigan ganando dinerito con el que comprar mis productos, pero no podemos saber cuál es la dosis adecuada si no hacemos algunas pruebas primero. Lo comprendéis, ¿verdad?

—¡Es usted mala! ¡Fea! ¡Tonta! —chilló Minerva—. ¡Está envenenando a la gente solo para hacerse más rica!

—¿Envenenando? Oh, no, no es verdad, niñita exagerada y maleducada. Tengo a los mejores científicos trabajando para mí. Se han hecho pruebas con ratones y sabemos que el infantilizante no afecta la forma física de los sujetos; todo lo contrario, los vuelve más ágiles, más vigorosos. Los rejuvenece. Solo sus cerebros quedan un poquito... trastocados —dijo la señora Agarra, y rio de una manera inquietante.

—¿Y por qué no afecta a los niños? —quiso saber Alejandra.

—El cerebro de los niños ya contiene la sustancia que hemos sintetizado en nuestros laboratorios, así que no les hace nada, están inmunizados contra ella. Pero, a medida que crecen, la sustancia va desapareciendo, y es entonces cuando... Pero bueno, vosotros ya sabéis lo que ocurre. En fin, mis científicos están ahora mismo en el sótano ajustando la dosis.

—¿Y a usted no la afecta? —preguntó Daniel.

—El humo no entra aquí mientras no abramos las ventanas, claro. Y si salgo me pongo una máscara antigás como las que usan los que trabajan en la caldera, y listo.

—Es usted diabólica —dije lleno de rabia—. Usted no tiene derecho a manejar así a la gente. Lo que hace es ilegal, es un delito. Está jugando con la salud de las personas mayores. Muchas han tenido accidentes por su culpa y ha contaminado el aire de toda la ciudad. Irá a la cárcel por lo que ha hecho.

—¡Oh, qué muchachito más tonto, pero qué tonto es! —replicó ella con esa espantosa sonrisa que no abandonaba ni por un momento su cara—. Y dime tú, pequeña lombriz, ¿quién me va a detener?

Nos quedamos en silencio.

—Pero ha dicho usted que va a ajustar la dosis para que la gente vuelva a su trabajo... Entonces también volverá la policía, volverán los jueces... —dijo Alejandra.

—Sí, pero nadie me va a relacionar con esta epidemia. Estamos desarrollando una fórmula que producirá humo gris: pasará totalmente desapercibido. Y nadie investigará lo que ha pasado hoy, porque mientras ha ocurrido no han sido conscientes de nada, excepto de sus ganas de divertirse. Cuando ajustemos bien la dosis, solo sentirán un deseo irrefrenable de comprar juguetes. ¿Y qué hay de malo en eso? Al fin y al cabo, vivimos en una sociedad en la que a todo el mundo le encanta comprar y comprar y comprar. Si la gente solo sabe divertirse gastando dinero, eso no es culpa mía. Yo solo estoy intentando redirigir un poco los gustos de los adultos para que el dinero que se gastan acabe en mi cuenta bancaria. Puro márketing, nada más.

—¡Nosotros explicaremos lo que ha hecho! —gritó Minerva.

—Oh, no, no lo creo. Vosotros no vais a decir nada de nada —repuso, sacándose del bolsillo de la chaqueta un pequeño mando a distancia con el que apuntó al techo.

—¡Claro que lo haremos! —grité, y no había terminado de hacerlo cuando nos cayó encima una enorme y pesada red bajo la cual quedamos atrapados. Antes de que nos diera tiempo a reaccionar, dos hombres con uniforme se lanzaron sobre nosotros y nos rodearon con una cuerda.

—Muy bien, chicos —dijo la señora Agarra, dirigiéndose a sus guardias de seguridad—. Ahora, haced el favor de bajarlos al sótano. Encerradlos en el cuarto de la limpieza mientras pienso cómo voy a deshacerme de ellos. No quiero mezclarlos con los otros. Estos saben demasiado.

«¿Los otros?», pensé mientras los guardias nos empujaban escaleras abajo. ¿De qué estaba hablando la señora Agarra? Quizá no éramos los primeros que nos acercábamos por allí a preguntar por el humo rosa. ¿Acaso aquella loca hacía prisioneros a todos los que intentaban interferir en sus planes?

Nada más llegar al sótano pasamos por delante de una gran puerta de cristal en la que ponía: «Solo personal autorizado.» Al otro

lado se veía un laboratorio de paredes y suelos blancos, en medio del cual había una caldera en la que hervía el infame líquido rosa, que producía un vapor que iba directamente al extractor de humos que comunicaba con la chimenea. Dos señores vestidos con batas blancas y con máscaras antigás trabajaban alrededor de la caldera tomando muestras y añadiendo a la mezcla pequeñas gotitas del concentrado.

Continuamos por un oscuro y largo pasillo en el que había varias puertas más, todas de acero y todas cerradas. De una de ellas salía el sonido de un disco de canciones infantiles.

A nosotros nos metieron en un cuartucho lleno de escobas, fregonas, recogedores, cubos, trapos y botes de plástico. Los guardias nos quitaron la red de encima y nos ataron las manos a la espalda, y, una vez que se hubieron marchado, nos dimos cuenta de lo imprudentes que habíamos sido yendo solos hasta aquel almacén.

—Hemos sido unos estúpidos —dijo Daniel—. No sé por qué os hice caso. ¡Con lo bien que me lo estaría pasando ahí fuera! Seguro que hoy nadie me hubiera mandado a dormir temprano.

—Daniel tiene razón —reconocí—. Nos hemos arriesgado demasiado.

—¿Y qué podíamos hacer? —preguntó Alejandra—. No podíamos pedir ayuda a nuestros padres, no había policía, no había ningún mayor al que acudir. Hemos hecho lo único que podíamos hacer.

—Podíamos haber dejado las cosas como estaban —contestó Daniel—. O esperar a que las solucionara otro.

—Oh, sí, esa es una buena idea: ¡esperar a que los demás te resuelvan los problemas! —exclamó Alejandra.

—A mí me parece genial —repuso Daniel.

—A mí me parece que lo mejor es que pensemos en cómo salir de aquí —intervino Minerva.

—Pues a ver: estamos atados, no hay ventanas, la puerta está blindada... Lo tenemos crudo, ¿no os parece? —opinó Daniel.

—¿Por qué guardarán las cosas de la limpieza detrás de una puerta blindada? Es un poco raro, ¿no? —dije.

—Puede que tengan aquí la caja fuerte con el dinero, escondida detrás de todos esos botes —sugirió Alejandra.

Al fondo de la habitación, sobre una estantería de metal, había un montón de productos de limpieza: lejía, amoniaco, desinfectante, abrillantador, limpiacristales, detergente... Entonces reparé en que en los dos estantes superiores había unos frascos de cristal que contenían un líquido rosa oscuro.

—Fijaos en eso, en la parte de arriba —señalé.

—¡Eso debe de ser la sustancia infantilizante! —exclamó Alejandra.

—Por eso la habitación está blindada —dijo Daniel—. No quieren que se la roben.

—Entonces, ¿por qué nos han metido aquí? Podríamos destruirla, ¿no?

—¿Con las manos atadas? Además, supongo que eso tampoco les preocupa tanto; como tienen la fórmula para seguir haciéndola... —dijo Alejandra.

—O quizá pensaron que no íbamos a ver los botes. No sé... Lo importante ahora es que intentemos salir de aquí; estamos en peligro —dije.

—Tengo miedo —murmuró Minerva.

Fue entonces cuando comprendí que tenía que ponerme a pensar. Yo había cometido el error de llevar a mi hermana pequeña hasta allí, y no podía permitir que le ocurriese nada malo.

—Quizás haya algo por aquí que nos sirva para desatarnos. Busquemos por las estanterías y entre todos estos cachivaches, a ver qué encontramos —propuse.

—¡Buena idea! —exclamó Alejandra.

Empezamos a buscar, lo cual no era fácil con las manos atadas. Al principio no encontramos nada, pero al cabo de un rato Daniel dio con algo que podía servirnos: una cajita de cerillas olvidada en el bolsillo de una bata azul.

—Con esto podemos quemar la cuerda —dijo.

Poco a poco conseguimos chamuscar la ligadura de Alejandra. La cuerda era muy gruesa, y había que hacerlo con las manos atadas a la espalda y sin quemarla a ella, pero al cabo de quince minutos lo conseguimos. Después ella me desató a mí y entre los dos desatamos a Daniel y a Minerva. Teníamos los brazos doloridos y marcas rojas en las muñecas.

—Ahora hay que intentar abrir esa puerta. ¿Os parece que le demos unos empujones todos a la vez a ver si la tiramos abajo? —propuso Daniel.

—Eso no sirve de nada con una puerta blindada, y encima nos oirían y vendrían a por nosotros —contestó Alejandra.

—Quizás haya una llave por aquí —sugirió Minerva.

—Lo dudo —dijo Daniel.

—Yo también lo dudo, pero por el momento no hay otra cosa que podamos hacer, así que pongámonos a buscar. No hay que dejar nada sin registrar —dije.

Nos pusimos a ello durante un largo rato, pero sin ningún resultado.

—Estoy muerta de hambre —se quejó Minerva, sentándose en el suelo.

—Tengo unos cacahuetes —dijo Alejandra, acomodándose a su lado—. Toma.

—Dame a mí unos pocos —pidió Daniel al tiempo que se tumbaba junto a ellas.

Miré mi reloj. Eran las diez de la noche. A esa hora, normalmente, ya habríamos cenado y estaríamos durmiendo. Yo también estaba cansado y tenía hambre, así que los imité y me senté. Mientras nos comíamos los cacahuetes en silencio, comprendí que no íbamos a ser capaces de salir de allí por nuestros propios medios. ¿Qué pretendía hacernos la señora Agarra? Me imaginé que nada bueno. Tenía que asegurarse de que no contáramos a nadie lo que habíamos descubierto, y eso solo podía significar una cosa.

Recordé entonces lo que había dicho antes de mandarnos encerrar en el sótano: «No quiero mezclarlos con los otros.» Una idea se estaba formando en mi cabeza. Los niños desaparecidos... ¿Y si era ella la responsable de los secuestros? Pero... ¿por qué?, ¿para qué? Evidentemente, a esa mujer los niños no le gustaban demasiado. Si los tenía encerrados, era porque los necesitaba para algo. Aquello me pareció terrorífico, pero no dije nada. No quería preocupar a los demás.

Debió de pasar una hora sin que apenas habláramos. Estábamos agotados y el día había sido largo. Empezábamos a adormilarnos cuando oí que alguien intentaba abrir la puerta. Pensé que serían los matones de la señora Agarra y me dio un vuelco el corazón. Pero cuando la puerta se abrió, vi que me había equivocado:

—¡Tomás! —gritamos todos a la vez.

—¡Hola, chicos! ¡Vengo a sacaros de aquí!

—¿Cómo has conseguido entrar? ¿Cómo has sabido que estábamos encerrados en este cuarto? —pregunté.

Tomás, sonriendo, nos mostró un llavero.

—Ahora no hay tiempo para explicaciones. Tenemos que salir rápidamente antes de que vean que he abierto todas las ventanas, aunque lo más probable es que cuando se den cuenta ya no les importe. Pero por si acaso.

—¿Has abierto las ventanas? ¡Les has dado su propia medicina! ¡Qué listo eres, Tomás! —exclamó Alejandra.

—No tanto, ellos mismos me dieron la idea, pero ahora vámonos. Además, están los de las máscaras antigás, los que trabajan en la caldera. Si descubren lo que está pasando, impedirán que escapemos.

—Esperad, primero vamos a vaciar esos frascos —dije—. Aunque dispongan de la fórmula, tendrán que volver a fabricar la sustancia y eso puede que nos dé tiempo.

Trepamos hasta lo alto de la estantería, vaciamos todos los frascos menos uno, y en el charco que se formó en el suelo echamos varios litros de detergente para impedir que intentaran recuperar el líquido rosa. Me guardé el frasco lleno en el bolsillo de mi abrigo y salimos del cuarto de la limpieza. De camino a la escalera para subir al vestíbulo, pasamos por delante de la puerta tras la que se oía música.

—Esperad un momento —dije a mis compañeros—. Tengo una sospecha sobre esta habitación.

Intenté abrirla, pero estaba cerrada con llave, y, además, era blindada.

—Déjame el llavero con el que abriste el cuarto de la limpieza —le pedí a Tomás.

—Ahora no hay tiempo para eso —protestó Alejandra.

—Es solo un segundo, por favor.

Tomás me dio el manojo de llaves. Había seis. Una por una, con manos temblorosas por los nervios y la prisa, las probé todas, pero ninguna abrió la puerta. Decidí llamar golpeando con los nudillos.

—¿Hay alguien ahí? —pregunté.

No hubo respuesta.

—Tenemos que irnos —urgió Tomás—. Si nos descubren, nos cortaran la huida.

—Esperad —insistí—, esto es importante. Cuando la señora Agarra dijo que no quería que nos mezclaran con los otros, ¿a quién creéis que se refería?

—Ni idea —respondió Daniel—. Solo sé que tenemos que salir de aquí cuanto antes.

—¡Los niños desaparecidos! —exclamó

entonces Alejandra—. ¡Puede que los tenga ella! Esa mujer es capaz de todo.

Volví a llamar, pero nadie abrió ni contestó cuando pregunté otra vez que si había alguien allí dentro. La música estaba demasiado alta; probablemente no se oían los golpes en la puerta. Y tampoco era cuestión de ponerme a gritar o a golpear más fuerte si no quería alertar a los del cuarto de la caldera.

—Venga, vámonos —dijo Tomás—. No perdamos más tiempo. Si están ahí, tendremos que conseguir ayuda para liberarlos.

La señora Agarra y sus dos guardias seguían en el vestíbulo de la planta baja, pero ni
siquiera nos vieron cuando pasamos por delante de sus narices. Estaban demasiado ocu-
pados. Ella se había subido a caballo sobre
uno de ellos, que estaba a cuatro patas sobre el
suelo, y gritaba: «¡Arre caballito, arre, más rápido!», mientras le daba en el culo con uno de
sus zapatos. El otro se había quedado dormi-
do sobre la mesa de la recepción, abrazado a
un osito de peluche, y roncaba sonoramente.

Salimos a la calle por la puerta principal.

Una vez fuera, empezamos a correr riendo y gritando, más por la alegría de vernos libres que por escapar del peligro. Cuando agotamos nuestras fuerzas, nos paramos a recuperar el aliento. Empezaba a chispear, pero el agua resultaba refrescante después de haber estado encerrados tanto rato. Continuamos de camino hacia nuestro barrio mientras Tomás nos contaba cómo había entrado en la fábrica y cómo había dado con nosotros.

—A la media hora de que os fuerais de mi casa, volvió mi madre y conseguí que se quedara cuidando de mi padre con el rollo ese de jugar a enfermeras. Salí en dirección al almacén. Cuando llegué, comprobé que no había por dónde entrar. Entonces vi que llegaba un coche al aparcamiento y que de él se bajaba una mujer con una máscara antigás. Era la señora Agarra, aunque yo aún no lo sabía. Abrió la puerta con su llave, pero no tuvo la precaución de volver a echar el cerrojo. Cinco minutos después me colé, procurando no hacer ningún ruido, y me escondí detrás de una columna. El vestíbulo estaba a oscuras y ella hablaba con unos guardias, que le estaban mostrando algo en un ordenador. Por lo que decían, deduje que os observaban a través de unas cámaras. La mujer se quejaba de que estabais jugando con los coches teledirigidos y estabais gastando las pilas, ¡la muy rata! Entonces ocurrió algo que les hizo darse cuenta de que sabíais que os estaban vigilando, y luego uno de vosotros sacó la lengua a la cámara, lo cual no le gustó nada a la señora Agarra; no debe de tener mucho sentido del humor. Bueno, decidí esconderme por allí y esperar a ver qué pasaba. Lo demás lo podéis imaginar. Escuché la conversación cuando bajasteis y vi que os atrapaban y os llevaban al sótano. Mientras estaban en ello, aproveché que no había nadie vigilando las cámaras para abrir todas las ventanas de la planta baja. Después, sencillamente esperé a que el humo hiciera su efecto. Cuando la señora Agarra pidió a sus guardias que jugaran al escondite con ella, supe que había llegado el momento de bajar a buscaros. Encontré el llavero colgado de un clavo en la pared, probé hasta que di con la llave correcta, abrí la puerta y lo demás ya lo sabéis.

—Nos has salvado la vida —le dije a Tomás, y los otros asintieron.

—Vosotros me ayudasteis cuando realmente lo necesitaba —repuso—. No sabéis el susto que me llevé con la caída de mi padre.

Empezó a llover en serio. Habíamos llegado a la parte nueva de la ciudad. Era muy tarde. Vimos que algunas personas que se habían quedado dormidas en bancos y parques, o que todavía estaban jugando en la calle, corrían a refugiarse.

Nosotros aún nos encontrábamos algo lejos de nuestra casa, y, si seguíamos andando, nos íbamos a calar, así que decidimos guarecernos en una tienda de muebles a la que le habían roto el escaparate. No era la única tienda que estaba así. Mirásemos donde mirásemos, la ciudad tenía un aire de catástrofe.

—Los mayores con cerebro de niños son mucho peores que los niños de verdad —reflexionó Minerva—. ¡A mí no me da por ir rompiéndolo todo y dejando las aceras llenas de basura!

—Quizás es porque los niños siempre tenemos al lado algún adulto que nos dice que no lo hagamos —aventuré.

—O a lo mejor es que han cogido lo de jugar con tantas ganas que se les ha ido la pinza —dijo Daniel.

—O quizás es que esa sustancia infantilizante no solo los vuelve niños, sino que también los vuelve un poco locos —argumentó Alejandra.

—Bueno, tenemos que irnos a dormir —dije—. Mañana habrá que encontrar la manera de parar esto. Y habrá que buscar ayuda. Si no me falla la intuición, los niños desaparecidos están en el almacén de juguetes.

Nos echamos los cinco juntos en una cama grande para darnos calor, nos tapamos con un edredón y nos quedamos dormidos instantáneamente. Había sido un día largo y estábamos agotados. Fuera seguía lloviendo a cántaros.

6

La locura de todos los días

Desperté con las primeras luces del amanecer. Salí de la cama y me asomé por el agujero del cristal del escaparate. Había dejado de llover, el olor dulzón había desaparecido y el aire olía a tierra mojada.

Una mujer pasó por delante de mí. Iba vestida con un camisón largo y tiritaba de frío. Tenía un aspecto lamentable, despeinada y cubierta de rasguños. Miraba a un lado y a otro y parecía asustada y desorientada.

—¿Qué ha pasado? —me preguntó cuando me vio—. ¿Por qué está todo así? ¿Ha estallado una guerra? ¿Por qué voy en camisón? Me desperté en la calle y... no entiendo nada. Me duele la cabeza.

—Será mejor que entre a calentarse —le dije—. Si no, va a coger una pulmonía.

—No, tengo que regresar a mi casa. Tengo que ir a mi trabajo. No debo llegar tarde, eso es lo más importante ahora. —Y se marchó andando muy deprisa.

¿Lo más importante? Enseguida reaccioné. ¡Los adultos estaban recuperando su locura de todos los días!

—¡Rápido! —grité en dirección a mis compañeros—. Tenéis que levantaros. La lluvia ha limpiado el aire y los adultos vuelven a ser como antes. Hay que ir pitando a la comisaría a contar lo que ha pasado antes de que el humo rosa contamine de nuevo la ciudad.

Y así lo hicimos. Cruzamos la ciudad corriendo. Por el camino nos fuimos encontrando con personas que volvían en sí. No entendían lo que había ocurrido. Miraban a su alrededor como si hubieran despertado en otro planeta y se hacían preguntas para las que no tenían respuesta:

—¿Ha habido un terremoto?

—¿Dónde están mis zapatos?

—¿Qué hago yo durmiendo en este tobogán?

—¿Por qué voy vestido de Superman?

—¿Quién me ha dado este cocodrilo de trapo?

—¿Cuándo me he subido yo a este árbol?

Nos hubiera gustado contestarles, pero no teníamos tiempo.

Llegamos a la comisaría, pero aún no había nadie. Por fin apareció el inspector, un señor alto y flaco con bigote y pelo gris, quejándose de un horrible dolor de cabeza y preguntándose qué había pasado en la ciudad, que estaba toda patas arriba.

—¿Nos han bombardeado mientras dormíamos? —nos preguntó cuando nos vio, y no bromeaba.

—No, señor inspector...

—Algaba. Paco Algaba.

—No nos han bombardeado, inspector Algaba. Nosotros sabemos lo que ha ocurrido. Y hemos venido a contárselo, porque es necesario que haga algo cuanto antes. Si no, se volverá a repetir —dijo Alejandra.

—¿Y vosotros quiénes sois?

—Somos los que vamos a salvar esta ciudad —respondió Daniel.

Nos encerramos con el inspector en su despacho, saqué del bolsillo de mi abrigo el bote con la sustancia infantilizante, se lo mostré y le explicamos todo lo que había pasado y lo que podía volver a ocurrir en cuanto los del almacén de juguetes fabricasen otro bote igual. Al principio le costó un poco creer lo que le estábamos contando. Nos dijo que éramos unos niños con demasiada imaginación y que iba a llamar a nuestros padres para que vinieran a

buscarnos. Pero en algún momento de la conversación su mente de adulto cuadriculado hizo *clic*, quizá porque le vino alguna imagen, algún breve recuerdo de sus andanzas del día anterior, y se dio cuenta de que todo encajaba.

—Además, es posible que pueda usted resolver otro caso —dije cuando lo vi convencido de que nuestra historia era cierta—. Busque bien en el sótano del almacén, porque tengo la sospecha de que la señora Agarra ha estado utilizando niños para sus experimentos.

—¿Cómo? ¿Niños?

—Si no, ¿cómo han podido sus científicos sintetizar el elemento clave de la sustancia infantilizante?

—¿Y de dónde saca los ni...? ¡Claro! ¡Los secuestra! ¿Ha sido ella la que ha estado secuestrando a los niños de mi ciudad?

—No estoy seguro, pero creo que sí —respondí—. Mientras sus guardias nos estaban atando, dijo que no nos pusieran junto a «los otros» porque sabíamos demasiado. Eso me dio la pista.

Cuando salimos del despacho, ya habían llegado los demás policías. Todos, a pesar de que se habían puesto el uniforme, parecían los supervivientes de un naufragio: estaban ojerosos y cubiertos de magulladuras, se quejaban de un fuerte dolor de cabeza y uno de ellos todavía tenía la cara pintada como un indio.

El inspector dio orden de que varios coches patrulla se dirigieran inmediatamente al almacén de juguetes. Nosotros fuimos con él en el primero. Por supuesto, conseguimos que tuvieran la precaución de llevar puestas unas máscaras antigás, por si acaso.

Al llegar, los acompañamos hasta el sótano y les enseñamos el laboratorio donde estaba la caldera. Allí mismo detuvieron a los dos científicos que trabajaban en ella.

A continuación les mostramos la habitación de donde salía música. Un especialista abrió la puerta blindada, y dentro, como yo había previsto, encontramos a los ocho niños y niñas que habían desaparecido en las últimas semanas. Estaban bien, no habían pasado hambre ni frío, ni nadie les había hecho daño, pero parecían bastante aburridos. Aquella habitación era una enorme sala de juegos llena de juguetes con los que, según nos contaron los propios niños en ese momento, estaban obligados a jugar todos los días a todas horas. Sí,

«obligados». Al parecer, la señora Agarra, una vez sus científicos hubieron extraído un poco de sangre de cada uno de ellos para usarla como base de la sustancia infantilizante, decidió que era demasiado arriesgado soltarlos. Y que, ya que tenía que alojarlos y alimentarlos, por lo menos iba a sacar provecho de ellos. Entonces se le ocurrió utilizarlos para valorar los juguetes y ayudarla a decidir cuáles se pondrían a la venta y cuáles no. Así que los pobres niños habían pasado cada minuto de las dos semanas que habían estado secuestrados jugando y apuntando datos en un cuadernillo compuesto por fichas como la siguiente:

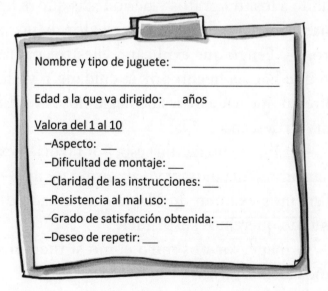

Nombre y tipo de juguete: _____

_____

Edad a la que va dirigido: ___ años

<u>Valora del 1 al 10</u>

  −Aspecto: ___

  −Dificultad de montaje: ___

  −Claridad de las instrucciones: ___

  −Resistencia al mal uso: ___

  −Grado de satisfacción obtenida: ___

  −Deseo de repetir: ___

Y solo podían parar de jugar para comer y dormir. Una crueldad.

Lo último que hicimos, para asegurarnos de que quedara bien probada la culpabilidad de la señora Agarra, fue mostrar al inspector Algaba el vídeo de nuestra conversación con ella la noche anterior, que una de las cámaras había registrado. Allí quedaban bien claros sus malévolos planes.

Aquella misma mañana vimos a la señora y a sus secuaces, a los que encontraron dormidos en un tipi de la segunda planta, salir esposados del almacén. La sonrisa se había borrado de la cara de la malvada.

—Os llevaré a casa —dijo el inspector, apartando a los fotógrafos y periodistas que se habían ido arremolinando alrededor de nosotros—. Tengo que explicar a vuestros padres lo que habéis hecho por la ciudad. Y ya les diré yo que nada de ir al colegio hoy. Necesitáis un descanso.

—¡Oh, no, no les diga eso, por favor! —exclamamos Alejandra y yo al mismo tiempo—. Tenemos examen de Mates y por nada del mundo queremos suspender.

El inspector nos miró como si fuéramos unos bichos raros.

—No se alarme, señor inspector —dijo Daniel—. No es que esta aventura les haya ablandado la mollera. Es que son así de *pringaos* siempre.

Al día siguiente todo volvió a la normalidad, es decir, a las mañanas a toda pastilla y a los papás agobiados por no llegar tarde al trabajo.

La señora Agarra y su banda están en la cárcel. A ella le va a tocar pasarse allí una larguísima temporada por secuestrar niños y por envenenar a la población. Todo su dinero y sus bienes han sido embargados, y con ello se está indemnizando a los accidentados de aquel día, que fueron unos cuantos, y se están reparando los destrozos que hubo en la ciudad. Los dos guardias y los dos científicos han decidido confesar y colaborar, pero aun así les caerán varios años a cada uno.

Nosotros, es decir, Alejandra, Minerva, Daniel, Tomás y yo, hemos sido entrevistados un montón de veces para la televisión, la radio y los periódicos. Al principio nos hizo gracia, pero ya nos aburre, porque siempre nos pre-

guntan lo mismo y porque ser famoso es una lata. Todo el mundo te para por la calle para felicitarte por lo que has hecho y no te dejan tranquilo ni un segundo.

Los padres de los niños desaparecidos vinieron a vernos para darnos las gracias. Lo habían pasado fatal. Fue un momento muy emocionante, y hasta Daniel soltó unas cuantas lagrimitas, aunque luego dijo, para que no le tomaran por blando, que es que se le había metido un trozo de chicle en el ojo al explotarle un globo.

El padre de Tomás también nos dio las gracias por haberle ayudado cuando se rompió la pierna. La tiene escayolada. Tomás es ahora un buen amigo y nos reunimos con él en el Castillo Loco con frecuencia.

Daniel sigue siendo Daniel, y todos los días se queja de que por nuestra culpa la vida ha vuelto a ser aburrida y los mayores son unos mandones, pero nunca se separa de nosotros, porque dice que sabemos cómo meternos en líos, y eso le parece muy divertido.

Minerva está muy contenta porque ya nadie le quita su muñeca meona y porque su mamá y su papá la cuidan y la miman cuando le duele la tripa.

En cuanto a Alejandra y a mí, tengo que decir que, aunque esta vez no sacamos nuestro habitual diez en Mates —supongo que estábamos un poco cansados—, sacamos algo todavía mejor de nuestra aventura: nuestra amistad, que nos importa mucho más que cualquier examen. Por su cumpleaños, organicé una colecta para comprarle la bicicleta que tanto le había gustado. Se puso muy contenta, era la primera vez en su vida que le regalaban algo nuevo, aunque me regañó un poco por no haber tenido en cuenta el medio ambiente. Le he prometido que este año pediré para mí una bici de segunda mano, para compensar. Hace poco le pregunté qué tal iban las cosas en su casa, y me dijo que sus padres parecían haber descubierto, aunque no recordaban nada de lo ocurrido aquel día, que podían divertirse haciendo cosas juntos, y ahora las hacen y ya no discuten tanto.

En cuanto a mí, he conseguido subirme a lo alto de las espalderas. El truco que aprendí aquella noche es mirar al techo en vez de al suelo. En el gimnasio del colegio no se ven las estrellas, pero si cierro los ojos me las puedo imaginar. Ricardo me dijo: «Con lo listo que dicen que eres, podría habérsete ocurrido este truco antes.» Ricardo también ha dicho que es posible que este año apruebe la Educación Física. *Posible*.

Así que aquel día tan raro ha tenido más de una buena consecuencia. Y hay una que me gusta especialmente, y es que cuando mis padres se quejan porque estoy dejando caer las migas del bocadillo por el parquet, o porque no me he quitado la tierra de los zapatos antes de subir a casa, o porque me he dejado mis cachivaches de astronomía en la terraza, les señalo los dibujos de caras sonrientes que mamá pintó en la pared del salón —y que todavía no han tenido tiempo de quitar— y se tienen que callar.

Y es que está bien eso de que los padres se acuerden de vez en cuando de que hubo una vez en que ellos también fueron niños.

Índice

Quizá disfrutes leyendo...

Entre todas las estrellas
Cristina Alfonso Ibáñez

Premio Boolino de Narrativa Infantil 2015

A finales del verano, Natalia, Pedro, Lucía e Iván se encuentran en una cabaña en medio de un bosque. Las razones que los han llevado hasta allí son tan diversas como distintos son los cuatro entre sí. Pero los lazos que se creen entre ellos serán de tal intensidad que de la experiencia todos saldrán diferentes. En lo que comienza como un relato de amistad entre cuatro jóvenes, va cobrando forma un elemento de magia que adquiere un protagonismo cada vez mayor hasta el inesperado final de la historia.

«Cuatro personajes en busca de respuestas que me atraparon hasta un final sorprendente.»

Gemma Lienas, escritora